Anonymous

Aus dem Leben der Haustiere

heitere Bilder für die Jugend

Anonymous

Aus dem Leben der Haustiere
heitere Bilder für die Jugend

ISBN/EAN: 9783743619500

Hergestellt in Europa, USA, Kanada, Australien, Japan

Cover: Foto ©Andreas Hilbeck / pixelio.de

Manufactured and distributed by brebook publishing software
(www.brebook.com)

Anonymous

Aus dem Leben der Haustiere

Aus dem

Leben der Hausthiere.

Heitere Bilder für die Jugend

von Friedrich Lossow

mit Text von Eduard Ille.

München.
Verlag von Braun & Schneider.

Hahnen-Stolz.

Seht den stolzen Gockelhahn!
Schaut ihn an:
Schimmernd nickt die krumme Feder,
Kühn und stramm
Ragt sein rother Zacken-Kamm,
Und, gespreizten Ganges, kräht er,
Aufgebläht von eitlem Dünkel;
Demuthsvoll lauscht Huhn und Hinkel.

Doch der Hund in seinem Haus
Lacht ihn aus;
Spricht zu seinen Jungen dann:
Schaut ihn an,
Meine Söhne, diesen Hahn,
Und nehmt ein Exempel d'ran.
Lächerlich zu jeder Zeit
Macht sich Stolz und Eitelkeit.

———

Roß und Reiter.

Michel führt das Pferd zum Stall,
Hansel möchte reiten,
Michel sagt: „Probir's einmal!"
Hansel thut's mit Freuden.
Aber kaum ist Hansel droben,
Will er's Reiten nimmer loben,
Und er schreit: „Ich fall', ich wank'!" —
Denn ein Pferd ist keine Bank.

Michel sagt: „Klein Hänselein!
Merke Dir's bei Zeiten:
Ihrer Zwei stets müssen sein
Zum Spazierenreiten:
Erst ein Rößlein, das gut springet,
Dann ein Reiter, der's gut zwinget;
Hänslein, bleib' d'rum noch zu Haus,
Sonst lacht dich das Füllen aus!"

Kater-Jugend.

Auf dem Dach im Sonnenscheine
Liegt die Katz' mit ihren Jungen;
Kosend, scherzend, hält das Eine
Mit der Pfote sie umschlungen,
Lehrt es schnurren, lehrt es spinnen,
Und durch Anmuth, sanft und heiter,
Mäusefangen und so weiter
Sich der Menschen Gunst gewinnen.

Aber die drei Katerknaben
Wollen, — gleich dem bösen Buben,
Dem's nicht wohl ist in den Stuben, —
Eine and're Kurzweil haben.
Nach den Schwalben steht ihr Sinnen,
Sie zu fangen, sie zu jagen,
Bis dereinst in späteren Tagen
Sie die Rattenjagd beginnen.

Hund und Katze.

Will man die ärgste Feindschaft zwischen Zwei'n
Bezeichnen oft in einem einz'gen Satze,
Muß Hund und Katz' dazu die Namen leih'n:
„Sie leben" — heißt es dann — „wie Hund und Katze".

Ein wahres Wort, — doch die Geselligkeit,
Die stets so gern vereinigt und versöhnet
Was miteinander steht im Widerstreit,
Hat auch die Katze an den Hund gewöhnet.

Das Haus des Menschen, dem sie dienstbar sind,
Vereinigt sie zu friedlichem Verkehr,
Als Spielgenossen folgen sie dem Kind,
Und jenes Sprichwort gilt fast nimmermehr.

Der Esel und seine Launen.

Jedes Ding auf dieser Welt
Hat seine zwei Seiten,
Und somit der Esel auch,
D'rauf wir gerne reiten.
Sicher trägt er und bequem
Uns auf seinem Rücken,
Aber manchmal lüstet's ihn,
Disteln auch zu pflücken,

Oder in der klaren Fluth
Seinen Durst zu stillen,
Gegen seiner Reiterin
Wunsch, Begehr und Willen.

Manchmal auch geht's umgekehrt;
Trinken muß der Reiter,
Wenn der Esel sich im Gras
Wälzet froh und heiter.

Zieht den schmalen Weg er vor
Dem bequemen breiten,
Mag's nicht jedem Passagier
Freude just bereiten.

Fiel dem edlen Gentleman
Zaun und Buch zur Erden,
Könnte wohl bedenklich bald
Seine Stellung werden.

Nicht erfreut's den Karrenmann,
Der bergab kutschiret,
Wenn sein Esel freudbeseelt
Plötzlich galoppiret.

Necken ist sein Haupt-Plaisir,
Das versteht er gründlich;
Der Mylady kleiner Hund
Fühlt es g'rad empfindlich.

Schlimm ist's für die Reiterin
Trabt auf schmalem Wege
Lieber er zum Wasserfall,
Als auf breitem Stege.

Jedes Ding auf dieser Welt
Hat seine zwei Seiten,
Und somit der Esel auch,
D'rauf wir gerne reiten.

Lord und Perdri.

Jean ließ die Salon-Thür offen,
Lord und Perdri treten ein,
Und sein Bild schaut Lord betroffen
In des Spiegels Wiederschein.

Lord! Laß einen Wunsch Dir spenden,
Dir zum Heile, im Vertrau'n:
Mög' Dein eitles Selbstbeschau'n
Nicht mit Spiegelscherben enden!

Warnung.

Nero hat sich losgerissen
Bon dem Stall mit leckem Muth,
Nero will einmal auch wissen,
Wie sich's auf dem Sopha ruht.

Nero, soll ich gut Dir rathen,
So entfleuch aus dem Gemach! —
Denn es folgen solchen Thaten
Gerne schlimme Folgen nach!

Ein Morgen auf dem Lande.

Treibt der Hirt zur Morgenzeit
Seine Heerde auf die Weid',
Sind die Kinder mit Geschrei
Stets voran und gern dabei. —
Hoffentlich harrt in der Schule
Nicht der Lehrer schon am Stuhle,
Denn sonst wären's schlimme Kinder,
Wenn sie lieber Kalb und Rinder
Und die Schweine wollten necken,
Statt in's Buch die Nas' zu stecken.

Der gute Hund.

Was doch Alles muß der Hund
Sich gefallen laſſen,
Wenn die Kinder manche Stund'
Fröhlich mit ihm ſpaßen!?

In der Hütte wie im Schloß,
Von den Kindern allen
Läßt der treue Hausgenoß
Alles ſich gefallen.

Der Eisenschimmel oder die Fahrt nach Rosenau.

„Frau!" sprach ich zu meiner Frau,
„Fahren wir nach Rosenau!" —
Sprach's, und aus dem Stadtgewimmel
Führt' uns bald mein Eisenschimmel.

Leider lag ein Kaufmanns-Laden
Allzu nah an unseren Pfaden:
Wagendeichsel und Fensterglas
Einigen sich nicht zum Spaß.

Eisenschimmel, sag', was säum'st du?
Eisenschimmel, sag', was träum'st du?
Grasen auf verbot'ner Flur
Wollt' er eine Weile nur.

Und das kam zu steh'n uns theuer,
Und uns ward nicht mehr geheuer,
Als der Herr von jener Flur
Hart an uns vorüberfuhr.

Aengstlich ward von dem Getümmel
Und dem Lärm mein Eisenschimmel
Und besorgt ließ er uns Beide
Nieder auf die grüne Weide.

Dann, eh' wir daran noch dachten,
Unf're Lage zu betrachten,
Rannt' er schon in Saus und Braus
In die Rosenau veraus.

Später kam auch ich und meine
Frau noch nach im Abendscheine,
Und als wir uns restaurirt
Ward der Wagen reparirt.

Fröhlich dann auf sicherer Bahn
Traten wir die Heimfahrt an;
Fort ohn' alles Mißgeschicke
Ging es bis zur Vorstadt-Brücke.

Da — ach du mein lieber Himmel! —
Hat mein guter Eisenschimmel
Freundlich noch zu guter Letzt
Ueber's Wasser uns gesetzt.

Pudelnaß nach diesem Strauß
Kamen wir spät Nachts nach Haus. —
So macht' ich mit meiner Frau
Jüngst die Fahrt nach Rosenau.

—

Kommt der Waldmann angewackelt
Und beginnt zu bellen,
Läßt der Hase ab vom Grasen,
Sich in Front zu stellen.

—

Der Kater und die beiden Hunde.

Der Eine bellt vor Kampfeslust.
Der And're bebt vor Schrecken,
D'rob wird der Kater selbstbewußt,
Und läßt nicht ab zu necken.

Der Stier.

Durch das grüne Bergrevier
Wandelt seines Wegs der Stier,
Wandelt in gemeß'nem Gang
Stillvergnügt den Zaun entlang.

.

Der Stier und die Hündlein.

Plötzlich hört er ein Gebelle,
Brummend neigt er sich zur Stelle,
Doch der Zorn bleibt ihm erspart,
Als zwei Hündlein er gewahrt.

„Kleine Hündlein!" spricht er schmunzelnd,
Und zum Scherz die Stirne runzelnd:
„Woll't mich nur nicht gänzlich fressen,
Denn ich bin ein zähes Essen!"

Der Truthahn und das Füllen.

Pferd und Füllen steh'n beim Futter
In dem Stalle, schmuck und rein,
Sieh! da tritt ein alter Truthahn
Feierlich und stolz herein:
Von dem scharfen Schnabel gleitet
Röthlichblau die Quaste nieder,
Hoch zum Rade ausgebreitet
Starrt das graue Schweifgefieder;
Und das dunkle Flügelpaar
Streift bis an den Boden gar.

Also ist er anzuschauen,
Würdevoll und selbstbewußt.
Die Kaninchen faßt ein Grauen,
Selbst des Katers kühne Brust
Will schier leise Furcht umhüllen,
Vor des Truthahns Gravität.
Da — mit Einmal — spricht das Füllen:
Meiner Treu! Am Schlechtsten steht
Doch der Dünkel einem Kleinen,
Größer, als er ist, zu scheinen!

Der kleine Bello und der große Hannibal.

Der kleine Bello stand beim Mahl
Es wollt nicht recht ihm munden,
Da kömmt der große Hannibal —
Wups — war das Mahl verschwunden.

Nun fühlte Bello bitt're Reu'
That sich das Mäulchen lecken;
„Hätt' ich mein Mahl noch — meiner Treu'!
Wie sollt' es jetzt mir schmecken! —"

So geht's der Unzufriedenheit,
Die stets nach Anderm hungert,
Als ihr beschieden ist zur Zeit:
Sie darbt zuletzt, und hungert.

Auf der Weide.

Esel, Schwein, Kalb, Entchen, Hund
Treiben friedlich sich im Bund
Mit den Knaben hier umher;
Sag o Herz was willst Du mehr?
Solche Haus-Menagerie
Sah'st Du wohl vereint noch nie!

Schlimme Hirten.

Aber schrecklich ist es schier,
Wird, wie hier, der Mensch zum Thier;
Wenn sich Hirten selbst gefährden,
Was soll aus den Heerden werden?

Die Heu-Ernte.

Juche und Juchei!
Da bringen sie's Heu,
Da bringen sie's Futter,
Da bringen sie Streu!
Es zieh'n mit Behagen
Zwei Rosse den Wagen,
Das Füllen läuft mit
In vergnüglichem Schritt.
Der Hans kutschirt singend,
Die Peitsche hoch schwingend,
Den Dorfweg hinan;
Der Spitz läuft voran.

Juche und Juchei!
Da bringen sie's Heu! —
Es zieht auch die Mutter
Vom Feld mit herbei.
Sie wandelt am Raine
Und führet das Kleine,
Das lachende Kind,
Mit nach Hause geschwind.
Gut Nacht nun, ihr Braven,
Mögt fröhlich ihr schlafen, —
Juche und Juchei, —
Herein ist das Heu!

Alter und Jugend.

Vor'm Hause auf dem Rasen
Zwei Pferde fröhlich grasen,
Das Alte und das Junge.
Das Alte steht bedächtig,
Das Junge, flink nur schmächtig,
Ergeht in leichtem Sprunge
Sich auf dem grünen Plan.
Das Alte hat seit Jahren
Viel Mühsal schon erfahren,
Das Junge fängt's erst an.

Vor'm Hause aus dem Gatter
Da tritt der alte Vater
Mit seinem Enkelkinde.
Der Alte geht im Schritte
Mit festem, schwerem Tritte;
Gar munter und geschwinde
Der Enkel springt voran.
Der Alte hat seit Jahren
Viel Mühsal schon erfahren,
Der Enkel fängt's erst an.

Der Kettenhund und der Schoßhund.

„Eines schickt sich nicht für Alle —"
Neidlos schaut der Kettenhund
In dem Hof vor seinem Stalle
In die frohbelebte Rund.

Mag der Schoßhund Possen machen,
Drob des Hauses Jugend lacht, —
Ihm, dem Großen, ziemts, zu wachen
Ernst und streng in stiller Nacht.

.